HISTOIRES
DE LOUPS

ISBN 2 35024 001 0

Olivier KA

Histoires de loups

LIRE C'EST PARTIR

Sommaire

Gentil molosse	9
Les hurlements d'Eno	17
Votez Loup !	29
Tueur de mouton	39
Gueule de loup	51

Gentil Molosse

Fanny me court après avec un ruban rose dans les mains. Elle veut me le passer autour du cou. Et moi, je ne veux pas. Je trouve ça ridicule, un ruban rose sur un gros loup comme moi.

– Molosse, arrête-toi, je veux te décorer ! me dit-elle tout en trottinant sur ses courtes jambes.

Je m'engouffre dans le couloir, jusqu'au bout. Quand je ne peux plus avancer, je me retourne. Fanny est devant moi, un large sourire étirant ses lèvres.

– Laisse-toi faire, Molosse, tu vas être très joli.

Je me laisse faire, en effet. Ça m'agace, mais je n'ai pas vraiment le choix. J'ai beau être un loup, j'ai beau être plus grand que Fanny, même à quatre pattes, j'ai beau être cent cinquante fois plus fort qu'elle, c'est elle ma maîtresse, et je n'ai rien à dire.

Je suis un loup apprivoisé, un loup d'appartement, un loup de compagnie.

– Oooh, comme tu es mignon, Molosse, s'extasie Fanny. Maintenant, je vais te mettre un beau chapeau.

La fillette tourne les talons et sautille jusqu'à sa chambre. J'en profite pour filer en douce et aller rejoindre Maman sur le balcon. Elle est en train d'arroser ses fleurs. Les oreilles basses, je lui tourne autour, en faisant mes yeux tristes.

– Molosse, va jouer ailleurs ! m'ordonne-t-elle.

Je retourne dans le salon. Personne ne viendra à mon aide. Encore une fois, Fanny va me déguiser de façon ridicule, elle va me mettre une culotte, des chaussettes aux pattes et une robe. C'est à chaque fois la même chose.

Tout au fond de moi, une voix grogne. Elle dit : « Tu es un loup, Molosse… Tes ancêtres semaient la terreur… Pourquoi ne te révoltes-tu pas ?… » Je la laisse parler, cette voix, je ne l'écoute pas. Ça ne sert à rien. Ça fait trop longtemps maintenant que nous vivons avec les humains. Mon père, mon grand-père, mon arrière-grand-père étaient déjà apprivoisés.

Pourtant, il y a des fois, j'aimerais tellement redevenir un loup sauvage…

***

Je me réveille en sursaut. J'ai entendu un bruit. Quelqu'un entre dans l'appartement. J'ai envie de grogner, mais je me retiens. Il fait nuit, Maman et Fanny dorment. Je descends du canapé et j'avance, silencieux, jusqu'à la porte d'entrée. C'est Papa, je reconnais son odeur. Il est directement allé se coucher… mais il a laissé la porte ouverte. Je m'apprête à la repousser avec la tête quand la voix, à l'intérieur de moi, se met à parler : « Profites-en, Molosse… Sors faire un tour… Sans laisse, sans humain avec toi… Libre comme un loup sauvage… »

Je ne résiste pas. Je quitte l'appartement. J'ai un peu peur, c'est la première fois que je me promène tout seul. Je prends l'escalier et je descends jusqu'au rez-de-chaussée. A chaque instant, je m'attends à ce qu'on m'appelle. Mais ça n'arrive pas.

Je m'éloigne de l'immeuble. La ville est plus silencieuse que la journée, moins d'humains, moins de voitures. C'est agréable. Je longe le trottoir sur quelques mètres avant de tomber truffe à truffe avec un berger allemand.

– Dis-donc, t'es un vrai loup, mes respects, dit-il. Qu'est-ce que tu fais en ville à cette heure-ci de la nuit ?

– Je profite un peu de ma liberté.

– Alors, profitons-en ensemble, si tu le veux bien. C'est pas si souvent qu'on a l'occasion de se promener sans nos maîtres, pas vrai ?

On avance, côte à côte, et on se raconte nos vies. Lui, il habite dans un petit pavillon tout près d'ici, et il s'évade de temps en temps. Je lui demande :

– Tu n'as jamais eu envie de retourner à l'état sauvage ?

Il me répond qu'il y pense à chaque fois qu'il se balade tout seul.

Plus loin, on rencontre deux labradors. Eux aussi, ils aiment gambader une fois le soleil couché. Peu après, c'est au tour d'un boxer de nous rejoindre. Rapidement, nous sommes toute une meute à errer dans les rues désertes de la ville endormie…

***

Nous courons le long d'un boulevard. Ah, que c'est bon de se sentir libre ! Ma vie dans l'appartement, les rubans roses de Fanny, tout ça me paraît vraiment lointain. Pour l'heure, je suis redevenu un vrai loup, le chef d'une bande de chiens à qui personne ne peut donner d'ordre. Nous nous arrêtons dans un petit parc. Je monte sur un banc pour lancer aux autres :

– Mes amis, nous sommes libres, et nous devons le rester !

– Waouf ! répondent-ils en chœur.

– Les humains nous prennent pour des jouets, et nous allons leur prouver que nous sommes plus dangereux qu'ils ne le pensent ! L'heure de la révolte a sonné !

Tous les chiens aboient et remuent la queue. Ils sont excités à l'idée de se venger des hommes. Je leur demande :

– Qu'allons-nous faire pour punir nos anciens maîtres ?

– On va leur mordre les mollets ! s'exclame le berger allemand.

– On va crever les pneus de leurs voitures ! propose le boxer.

– On va entrer dans les salles de cinéma et on va aboyer pour leur gâcher le film ! fait le premier labrador.

– Et si on s'attaquait d'abord aux chats ? suggère le deuxième labrador.

Je reprends la parole pour annoncer :

– Oui, nous allons faire tout cela, et même plus ! Ensuite, nous quitterons la ville et nous retournerons vivre dans la nature ! Comme nos ancêtres !

Ah, quel bonheur ! Quelle joie ! Une nouvelle vie commence…

– Heu… le loup… le jour se lève, fait le berger allemand d'une petite voix.

C'est vrai, un voile bleu pâle commence à teinter le ciel.

– Oui, et alors ?

– Il… il va falloir qu'on rentre, dit-il, les oreilles basses.

– Mais enfin, nous devons mordre les

mollets des humains, crever leurs pneus, gâcher leurs films…

– Oui… une autre fois peut-être…

– C'est vrai, ajoute le boxer, on est obligé de rentrer, sinon qui va nous nourrir ?

Les deux labradors enchaînent :

– Et qui va nous gratouiller la tête ?

– Et qui va nous jeter la baballe ?

Sans rien dire de plus, mes amis d'une nuit s'en vont, me laissant seul avec mes envies de liberté, de vengeance et nature sauvage.

***

Finalement, ils ont peut-être raison. Ca fait trop longtemps que nous sommes les compagnons des humains, nous ne pouvons plus vivre sans eux.

Le cœur gros et la démarche lourde, je reprends le chemin de mon foyer. Les premiers rayons du soleil illuminent les façades des immeubles. Les voitures occupent à nouveau les rues, les gens envahissent les trottoirs.

Je retrouve l'appartement tel que je l'ai

laissé. Papa, Maman et Fanny ne sont pas encore levés. Tout à l'heure, la fillette voudra encore une fois me déguiser avec ses ignobles rubans roses, et je me laisserai faire.

Je retourne m'allonger sur le canapé. Puis je redescends, je vais au milieu du salon et là, je dépose une belle crotte sur la moquette. Voilà. Ca sera ma manière à moi de leur faire comprendre ce que je pense, aux humains.

Je suis peut-être un loup apprivoisé, mais pas docile…

Les hurlements d'Eno

Ils se réunissaient tous les soirs en haut de la colline. Lorsque la nuit était devenue bien noire et qu'au-dessus de leurs têtes la voûte étoilée s'étendait à l'infini, ils se mettaient à chanter. Le museau dressé vers le ciel, ils entamaient une mélodie à plusieurs voix, dont les doux échos résonnaient loin dans la forêt en contrebas. C'était le chant de la nuit. Il rassurait la meute et apaisait toutes les espèces vivant parmi les arbres, à des kilomètres à la ronde.

La complainte était agréable, jamais un loup ne hurlait plus que l'autre. L'important n'était pas de se faire entendre, mais de s'accorder harmonieusement. Tout le monde aimait écouter les loups chanter, et eux-mêmes prenaient un grand plaisir à cela.

Bien sûr, ils avaient tous de l'expérience en

la matière, et un solide apprentissage les avait formés à l'art de la litanie. Tous les loups sortaient de l'école des Beaux-Chants, qui dispensait le meilleur enseignement vocal qu'on puisse avoir. Cette école existait depuis fort longtemps, et nombreux étaient les jeunes loups qui espéraient y entrer. C'est qu'un bon loup-chanteur était admiré et respecté de la meute ; il était, aux yeux des siens, considéré comme un artiste, on le complimentait sans cesse et on l'admirait pour ce qu'il était.

Depuis tout petit, même quand il n'était encore qu'un frêle louveteau, Eno voulait devenir chanteur. Ebloui par les mélodies qu'il entendait tous les soirs en s'endormant, il s'était juré d'être un jour intégré au groupe qui berçait la faune depuis le haut de la colline. Adolescent, il entra à l'école des Beaux-Chants et en sortit trois années plus tard, solidement formé à l'art de l'expression orale. Aussitôt, il alla voir le groupe des loups-chanteurs, en les sommant de l'accueillir :

– Je suis le meilleur choriste de la meute, affirma-t-il. Je chante depuis que je suis enfant, et j'ai développé une technique qui surpasse tout ce que vous produisez. Je veux faire partie des vôtres dès ce soir.

– Tu m'as l'air bien sûr de toi, Eno, constata le plus âgé du groupe. L'art du chant est délicat, et tu n'as pas encore fait tes preuves.

– Ah, la jeunesse… fit un autre en levant les yeux au ciel.

– Je n'ai pas besoin de faire mes preuves ! insista Eno. Je sais ce que je vaux, la puissance de ma voix va vous fasciner.

– Eh bien soit, accepta l'ancien. Rejoins-nous ce soir au pic de la colline, nous verrons si tu dis vrai.

Toute la journée, Eno tourna en rond. La réaction des membres du groupe l'avait irrité. Alors quoi ? Ils ne croyaient pas en son talent ? Eno était jeune, plein de fougue et d'ambition, il allait leur prouver ce qu'un sang neuf était capable de faire. Après sa prestation, sûr qu'ils le considéreraient autrement !

Le soir venu, il se rendit en haut de la colline. Quand le ciel fut d'encre et que la lune, à l'horizon, montra sa lumineuse rondeur, les loups entamèrent leur polyphonie nocturne.

Eno s'invita au milieu du groupe et fit à son tour vibrer ses cordes vocales. Sa voix, plus claire et plus puissante que les autres, sortait du lot. On n'entendait que lui.

Tous se turent, sauf Eno, qui s'égosilla de plus belle.

– Tais-toi ! ordonna brusquement l'ancien.

Eno s'interrompit. Tous les loups le fixaient avec des regards sévères. Choqué par cette soudaine sommation, Eno leur demanda :

– Qu'est-ce qui vous prend ? Pourquoi voulez-vous que je me taise ?

– Parce que tu n'as rien compris au chant des loups ! Tu n'es pas tout seul, Eno. Nous sommes un groupe, nous nous accordons les uns avec les autres !

– Vous n'aimez pas ma voix ?

– Cela n'a rien à voir avec ta voix. C'est ton comportement qui ne va pas ! Si nous chantons tous ensemble, si nos hurlements ne dépassent jamais un certain seuil, c'est qu'il y a une raison à cela. Nous aussi, nous pourrions nous époumoner et jouer à celui qui criera le plus fort !

Profondément vexé, Eno montra les crocs et se mit à aboyer :

– Vous êtes jaloux ! Je suis bien meilleur que vous et cela vous agace ! Vous êtes tous trop vieux et vous ne supportez pas l'idée qu'un jeune loup puisse se montrer supérieur à vous ! Vous avez peur d'être remplacés, voilà la vérité !

– Sale petit prétentieux ! cracha l'ancien. Fiche le camp d'ici et ne reviens pas avant d'avoir développé un minimum d'humilité !

Eno fit demi-tour et redescendit la colline, ulcéré par ce qu'il venait d'entendre. Ah, vraiment, les vieux étaient trop idiots, trop obtus, trop… trop vieux, tout simplement ! Ils ne comprenaient rien à son talent. Ils étaient incapables de saisir la qualité de sa voix, la puissance de son chant. Ils étaient sourds ! Sourds et aveugles !

Quand il rejoignit la meute, la réaction de quelques membres le conforta dans l'idée qu'il avait des compétences. On lui dit qu'on avait perçu sa voix car celle-ci couvrait celle des autres chanteurs. On le félicita, on le complimenta. Malgré la mauvaise tournure qu'avait prise sa première prestation avec le groupe du haut de la colline, l'accueil qu'on lui réserva conforta Eno dans le fait qu'il était un grand chanteur. On le considérait déjà comme un artiste, et cela le flattait grandement.

Ce soir-là, avant de s'endormir, il décida de prendre sa revanche. Puisque qu'il ne pouvait pas chanter avec les vieux loups, il allait chanter contre eux.

Eno passa la journée du lendemain à parcourir les alentours, à la recherche du meilleur endroit où se produire. Le lieu ne manquait pas de relief, il finit par dénicher un chemin qui le mena à la cime d'un mont de bonne taille. Eno s'y installa. De là-haut, il voyait l'interminable forêt s'étaler devant lui, et sur sa droite, la colline où se réunissaient les chanteurs. Le jeune loup était satisfait : de là où il était, il se trouvait plus haut que ses aînés.

Le jour déclina, le ciel s'obscurcit. Et les étoiles, une à une, se mirent à scintiller au firmament. Eno n'avait pas bougé. Il attendait, patiemment, que résonnent les voix des vieux loups. Quand les longues plaintes s'élevèrent enfin, Eno se redressa, tendit son cou, gonfla ses poumons et hurla de tout son cœur.

Son cri rebondit contre la roche, roula vers la vallée, fila dans la forêt, loin, bien plus loin que le chant des anciens. Sa voix était si forte qu'elle couvrait des dizaines d'hectares de campagne, faisant vibrer l'air bien au-delà du territoire de chasse des loups, jusqu'à des endroits inconnus de la meute. Et l'on osait le traiter de jeune inexpérimenté ! Fallait-il que les membres du groupe soient stupides pour ne pas avoir reconnu immédiatement son immense talent ! Mais maintenant, ils ne pouvaient plus l'ignorer, n'est-ce pas ?

Eno s'interrompit, le temps de reprendre son souffle. Il tendit l'oreille et ne perçut aucun son. Les vieux loups s'étaient tus. Ils ne pouvaient pas lutter face à lui, ils avaient déjà déclaré forfait. Stimulé par cette première victoire, il redoubla d'efforts et hurla de plus belle. Tout le monde devait l'entendre, jusqu'au fin fond de la forêt. Les oiseaux, les écureuils, les cerfs et les biches, les sangliers, les lièvres et les lapins, tous percevaient sa voix. Cette idée lui gonfla le cœur. Oui ! C'est bien moi que vous entendez ! Eno, le plus grand des chanteurs, celui qui va révolutionner les hurlements des loups ! Celui grâce auquel les forêts et les campagnes vont changer de visage !

Ravi, aux anges, Eno chantait à tue-tête, enivré par sa propre voix, étourdi par son chant, qu'il projetait toujours plus haut, toujours plus loin.

Soudain, alors qu'il remplissait encore une fois ses poumons d'air, un sinistre craquement explosa juste derrière lui. Il sursauta et se retourna vivement. A quelques mètres de là, surgissant d'entre les arbres, une masse gigantesque avançait vers lui...

Horreur ! Il s'agissait d'un ours ! D'un énorme, d'un abominable ours qui semblait hors de lui ! Eno se tassa contre la roche, les oreilles basses. Les loups ne craignaient personne, aucun animal, sauf les ours quand ils sont en colère. Et celui-ci avait l'air particulièrement énervé.

– RHÂÂÂ ! gronda l'ours. JE VAIS T'ARRACHER LA TÊTE !

Eno, le ventre à ras de terre, tenta de s'enfuir, mais l'ours l'avait déjà rattrapé. Il balança une patte sur le loup et l'envoya voler dans les airs, jusqu'au pied d'un arbre qu'il heurta brutalement.

– Je vous en prie ! Je vous en supplie ! Ne me faites pas de mal ! implora Eno.

– Ca fait une heure que je t'entends gueuler ! J'en peux plus !

En trois enjambées, l'ours rejoignit le jeune loup, qui se recroquevilla sur lui-même comme un hérisson terrifié. Le mastodonte brandit sa patte griffue et poussa un cri terrifiant, un hurlement qui fit vibrer tous les os d'Eno. Le jeune loup pleurnichait et gémissait. L'ours s'apprêtait à abattre sa lourde patte quand une douce mélodie se fit entendre. Il stoppa son geste et se retourna. Eno, qui tremblait comme un oisillon frigorifié, reconnut les voix des vieux loups.

Ils étaient là. Tous les membres du groupe des chanteurs. Et ils fredonnaient une berceuse sur plusieurs tons, une chanson harmonieuse et feutrée. Un air calme et reposant. L'ours s'éloigna d'Eno et, contre toute attente, s'assit par terre, face au groupe des anciens.

Il les écoutait chanter. Dodelinant doucement du buste, il marquait le rythme lent. La scène était surréaliste, l'imposant animal, même assis, surplombait les loups, mais il semblait avoir perdu toute agressivité. Au bout d'un moment, il s'allongea. Les loups continuèrent leur concert encore un moment, jusqu'à ce que l'ours se soit endormi. Alors, en silence, il firent demi-tour et disparurent derrière les arbres.

Eno se leva. Il dépassa l'ours assoupi en prenant garde ne pas faire le moindre bruit. Penaud, il rejoignit les chanteurs.

– Merci… dit-il avec gêne. Vous m'avez sauvé la vie…

L'un d'eux fit volte-face et, le regard sévère, lui grogna au visage :

– Tu es un jeune crétin, Eno ! Tu as hurlé, éperdument, sans te poser la moindre question. Si nous chantons ensemble, si nous nous accordons et que notre mélodie est douce, ce n'est pas parce qu'on est incapable de se faire entendre à des lieux à la ronde. C'est pour rassurer la faune de la forêt, pour lui être agréable.

– Je… je ne savais pas…

– Tu ne sais rien, mais ta prétention t'a aveuglé. En poussant ta voix comme tu l'as fait, tu n'as réussi qu'à agacer l'ours aux oreilles sensibles ! Il aurait pu s'en prendre à la meute !

– Pardon… pardon…

Cette nuit-là, personne n'adressa la parole à Eno. Même ceux qui, la veille, l'avaient félicité pour sa performance vocale, l'ignorèrent à cause du danger qu'il avait fait courir à tout le monde.

Il s'isola, honteux, alors que de leur côté, les loups se réunirent pour décider du sort qu'on allait lui réserver.

Au matin, on le convoqua.

Seul face à tous les membres de la meute, il se sentait si confus qu'il en avait la gorge serrée et le ventre douloureux.

– Eno, tu as été un bon élève à l'école des Beaux-Chants, déclara le chef des loups. Pour cela, nous ne t'interdirons pas de chanter. En revanche, tu n'es pas prêt à rejoindre le groupe du haut de la colline.

– Que… que puis-je faire, alors ? demanda le jeune loup.

– Tous les soirs, tu te rendras auprès des louves. Et tu chanteras des berceuses aux louveteaux. Cette discipline t'apprendra à rester humble, à dominer tes ardeurs et à servir les autres.

Eno baissa la tête en signe de consentement.

La deuxième phase de son apprentissage commença ce soir-là, lorsque le soleil disparut derrière les arbres de la grande forêt.

Votez loup !

Depuis longtemps maintenant, les loups et les moutons se côtoyaient, vivaient ensemble dans la même vallée, sans que cela pose problème. C'est que le temps s'était écoulé et les mœurs avaient évolué ; aujourd'hui, il n'y avait plus ni prédateur ni victime, mais deux peuples mélangés, qui se fréquentaient en toute intelligence. Les loups et les moutons avaient fini par s'accepter, ce qui les avait hissés au rang d'exemple pour tout le règne animal.

Certes, ils voisinaient sans peine, mais n'étaient pas tout à fait à égalité. La nature avait doté les loups d'une force physique plus développée que celle des moutons, et, naturellement, c'était eux qui dirigeaient les affaires. Les décisions leur revenaient automatiquement, et les moutons, dociles, ne les avaient jusqu'alors jamais contestées. Ils étaient bien heureux de ne plus se faire dévorer par les loups, ce qui était déjà beaucoup au regard de ce qu'avaient subi leurs ancêtres.

Mais un jour, pourtant, cette entente fut remise en question. Les loups, qui n'avaient jamais abandonné le schéma de la meute, avaient besoin d'un chef pour les représenter et gouverner les deux peuples. Ce chef, il fallait bien l'élire, et comme cela ne concernait que les loups, eux seuls s'octroyaient le droit de voter.

Autrefois, les loups s'affrontaient physiquement pour savoir lequel serait à la tête de tous, aujourd'hui, ils faisaient campagne. On affichait la tête du loup candidat sur tous les arbres alentour, on l'écoutait parler, promettre de belles et bonnes choses, on l'admirait, tout sourire qu'il était. On avait besoin d'un chef séduisant et rassurant, celui-là semblait avoir ces deux qualités, rien ne devait empêcher son élection.

Rien, sauf un mouton qui, pour la première fois, se présenta face au candidat loup. Sa venue ébranla l'entente entre les deux peuples : chez les loups, on considérait cela comme de la provocation, chez les moutons, c'était un espoir d'uniformité. Après tout, les moutons et les loups étaient en nombre équivalent dans la vallée, pour quelle raison seuls ces derniers auraient le droit de régner ?

Bien vite, on organisa des confrontations entre les deux candidats. Celui qui serait le plus convaincant emporterait le suffrage, l'un et l'autre aiguisèrent leurs arguments.

« Votez pour moi ! priait le loup. Notre vallée a besoin de sécurité. Nous, les loups, grâce à notre force et à nos crocs, pouvons nous protéger des agresseurs extérieurs. Nous ne voulons pas nous faire envahir, n'est-ce pas ? Ni nous faire chasser de notre territoire ? Alors votez loup ! »

« Choisissez un mouton ! rétorquait son concurrent. Les moutons ont le sens de la justice et du partage. Nous, nous sommes tous égaux, et depuis toujours notre race est un exemple d'harmonie. Avec un mouton pour chef, vous aurez l'assurance d'être tous logés à la même enseigne, sans distinction. »

Dans les rangs, on était vraiment indécis. Les loups trouvaient que leur représentant avait raison, les moutons considéraient les arguments du leur comme étant les meilleurs. Il ne restait plus que quelques jours avant les élections, et personne ne pouvait dire, pour l'instant, quelle en serait l'issue.

Il fallait se mobiliser, convaincre l'autre camp des avantages qu'il y avait à élire son prétendant. Les meetings se multiplièrent. Plus la date fatidique approchait, plus les électeurs réagissaient aux thèmes abordés par l'un et l'autre candidat.

« Les moutons vous empêcheront de chasser ! vociférait le loup. Nous avons toujours chassé, nous ne vivons que pour cela ! Voulez-vous un chef qui vous oblige à rester immobile toute la journée, à attendre qu'on vienne vous nourrir ? Pour la chasse, votez loup ! »

Aux mots du loup, la foule de ses congénères hurlait son contentement. Certains montraient les crocs en signe d'accord, d'autres grognaient pour effrayer les moutons. De son côté, le mouton candidat rétorquait :

« Les loups ne s'occupent que de leur ventre ! Ils délaissent la campagne, ignorent la nature. Nous, les moutons, nous avons toujours soigneusement entretenu notre herbe. Nous avons conscience des bienfaits d'un environnement préservé. Pour la nature, votez mouton ! »

Dans l'assistance, les moutons bêlaient et sautillaient sur place, faisant ainsi comprendre aux loups qu'ils avaient eux aussi des exigences, et qu'ils comptaient bien les faire entendre.

Entre les loups et les moutons, pour la première fois depuis des lustres, le climat était tendu. Jusqu'au jour des élections, chacun y allait de ses attaques verbales. Les habitants de la vallée, remontés les uns contre les autres, n'hésitaient plus à se lancer des méchancetés :

– Les loups sont des tyrans ! s'exclamait-on chez les moutons.

– Les moutons sont des lâches ! rétorquait-on chez les loups.

– Vous nous avez dévorés durant des millénaires ! Vous avez usé de votre sauvagerie contre nous ! Ça suffit, l'heure de notre revanche a sonné !

– Vous avez toujours été à la solde des humains ! Vous les avez servis sans jamais vous révolter ! C'est à cause d'animaux comme vous que les humains ont décimé d'innombrables espèces !

– La violence ne résout rien !

– La passivité est néfaste !

– Vous ne pensez qu'à tuer, jamais vous n'évoluerez !

– Vous passez votre temps à brouter, vous n'irez jamais nulle part !

On ne s'entendait plus. La vallée était devenue le théâtre de véritables affrontements, dans lesquels moutons et loups se querellaient sans retenue.

Enfin arriva le jour du vote. Tous se rendirent aux urnes. Qui allait gagner ? Les loups brutaux ou les moutons paisibles ? On dépouilla les bulletins dans la soirée. Puis la nouvelle tomba, sans que celle-ci ne satisfasse l'un ou l'autre camp : il y avait exactement autant de voix pour le loup que pour le mouton.

La tension monta d'un cran dans la vallée surchauffée. Les loups se regroupèrent d'un côté, les moutons se tassèrent à l'opposé. De part et d'autre, les injures volaient, et les menaces également :

– Nous ne vous laisserons pas la place ! juraient les loups. Nous avons toujours gouverné, la fonction du chef nous revient de droit !

– Le peuple mouton s'est exprimé, il continuera de le faire !

Le duel était inévitable. Les deux candidats, poussés par les rancœurs de leurs congénères, se firent face. Le loup montrait les dents. Le mouton grattait le sol. Dans leur dos, on grognait et on bêlait à tout rompre.

Puis le loup se jeta sur le mouton, et lui planta ses crocs dans la gorge. Le mouton rua, déséquilibrant le loup dont la tête heurta violemment l'arête d'un rocher. Le mouton mourut de ses blessures, et le choc tua le loup.

La stupeur figea l'assemblée. Les deux candidats, faute de pouvoir s'entendre, s'étaient entretués. Qu'allait-on faire, maintenant ? Poursuivre le carnage ? Dans ce cas, les moutons n'auraient pas le dessus. Prenant conscience de leur faiblesse, ils se mirent à trembler. Les loups furieux avançaient vers eux, les dents menaçantes.

C'est alors que s'interposa une louve. Pour tous, elle déclara :

« Mes frères loups, calmez-vous ! Mes amis moutons, relevez la tête ! Que se passe-t-il, dans notre vallée ? Sommes-nous en train de sombrer dans les pires heures de notre histoire ? Nous étions parvenus à une entente exceptionnelle, nous avions banni la violence de notre société, et voilà qu'elle refait surface. Nous comptons déjà deux morts, c'est deux de trop ! Si nous ne maîtrisons pas notre haine, nous allons basculer dans l'horreur. Si la soif de pouvoir de l'une ou l'autre partie doit nous rendre plus animal que nous le sommes, alors éliminons le pouvoir ! »

Une brebis sortit des rangs pour rejoindre la louve, et abonder dans son sens :

« Elle a raison. Nous ne construirons rien de bon en empruntant la voix de la colère. Les loups ont leur manière de vivre, les moutons aussi, sommes-nous obligés d'imposer notre vision du monde à chacun ? Serions-nous incapables de vivre ensemble, en harmonie, et de nous entraider plutôt que de nous affronter ? »

Le soir tomba et le carnage n'eut pas lieu. Chacun rentra chez soi, ébranlé par les événements de la journée.

Le lendemain, on enterra le loup et le mouton, en se jurant qu'ils seraient les dernières victimes de la mésentente entre les deux peuples et que plus jamais ce genre de chose ne se produirait. Plus jamais.

Les loups et les moutons renoncèrent à avoir un chef, et s'organisèrent pour que les spécialités de chacun soient utiles à tous.

Les loups protégeaient la vallée d'éventuels envahisseurs, les moutons entretenaient la nature en broutant l'herbe commune et en épargnant les arbustes.

Ils s'occupaient des louveteaux pour que les louves puissent aller chasser, et pour remercier les moutons, les loups leur ramenaient parfois quelques fruits récupérés dans un verger lointain.

Quand il faisait froid, les loups venaient se blottir contre la laine épaisse des moutons. Et quand il faisait chaud, les loups éventaient les moutons en battant l'air avec leur queue.

Et l'on se félicitait souvent de ce nouvel équilibre qui permettait à tous de vivre agréablement, sans chef, sans loi, et en toute intelligence.

Tueur de mouton

Le vent glacial siffle à travers les arbres dénudés aux branches raidies par le froid. Je me blottis un peu plus contre les autres. Impossible de me réchauffer. Je tremble comme un vieillard. Et j'ai faim. Bon sang, ce que j'ai faim !

Cela fait plusieurs jours que nous n'avons rien trouvé à nous mettre sous la dent. Afin d'économiser nos forces, chaque matin, un seul d'entre nous quitte la meute en quête de nourriture. Mais il revient bredouille.

Aujourd'hui, c'est à moi de partir chasser. J'ai du mal à tenir sur mes pattes. La faim est douloureuse, elle me contracte le ventre. Le froid rend mon poil cassant, il brûle ma peau. Nous n'avons jamais vécu d'hiver aussi dur.

Ma décision est prise. Je vais aller au village des hommes. C'est dangereux, je le sais. Je n'en reviendrai peut-être pas. De toute façon, la campagne est devenue stérile, il n'y a plus un seul animal à manger. Je n'ai pas le choix.

Je ne dis rien aux autres. Ils m'interdiraient d'aller là-bas. Parce que c'est trop risqué, parce que de nombreux loups ont péri en tentant d'approcher les hommes. Mais si je n'y vais pas, nous sommes condamnés. Je préfère perdre la vie à tenter de sauver les miens, plutôt qu'à attendre que le froid et la faim m'emportent.

Afin de ne pas éveiller les soupçons, je pars dans la direction opposée au village. Puis, une fois hors de vue, je bifurque. La route est longue et pénible, je suis forcé de réaliser un énorme détour pour que la meute ne se doute pas de ma destination. Quand j'atteins l'orée du bois, je suis déjà à bout de forces.

Le bois.

J'hésite un instant à y pénétrer. Combien de loups y sont morts ? Je ne sais pas, il y en a trop. Des visages me reviennent en mémoire. Des visages aujourd'hui disparus, happés par les impitoyables mâchoires de métal. Les pièges, sournois et fatals, qui se sont refermés sur leur cou, qui ont mangé leurs pattes. Il n'y a pas d'autre chemin pour atteindre les hommes que cette parcelle boisée au sol parsemé de ces abominables mécaniques. Je connais le risque qu'il y a à le traverser.

Je gonfle le torse. J'emplis mes poumons d'air froid. Et j'avance vers les arbres.

Chacun de mes pas peut déclencher un piège. Tant pis. Je tente ma chance. Sans hésiter, je marche droit devant moi. Des brindilles sèches cassent sous mes pattes. Des feuilles gelées craquellent. Je retiens mon souffle mais je ne ralentis pas.

Une brise mordante m'amène une odeur humaine. Je suis tenté de m'arrêter. Mon instinct me dicte la prudence, il me pousse à fuir. Je me fais violence et je poursuis ma dangereuse progression.

Soudain, du coin de l'œil, je l'aperçois. Entre deux arbres. Il porte un vêtement rouge et tient un lourd sac de toile. Il ne m'a pas vu.

L'humain. Un grognement monte en moi, mais je lui interdis de faire vibrer ma gorge. Je le ravale. Et j'avance, en me concentrant sur cette idée fixe : va chercher à manger. Ne t'occupe de rien d'autre. Va, et sauve les tiens !

Entre les troncs, devant moi, je devine les premières maisons. Mon cœur cogne fort dans ma poitrine, ses coups rapides résonnent dans ma tête à la manière d'un martèlement furieux. J'ai peur, je suis terrorisé. Tous mes sens hurlent au danger.

Et je quitte enfin le bois. Je suis passé entre les pièges ! J'ai frôlé la mort sans la toucher !

Ventre à terre, j'approche des bâtisses. Une odeur de poubelle m'attire. Je file droit vers elle. Des relents humains flottent partout dans l'air. Je fonce avec le sentiment de traverser un mur de flammes.

J'atteins les déchets. Je m'apprête à y fourrer la tête, quand une voix explose dans mon dos et me tétanise :

– Il est là !

Je me retourne.

Des humains surgissent de partout ! Une corde tombe sur moi et m'enserre le cou. Je me débats, mais c'est trop tard. La corde se referme sur ma gorge. Elle m'étrangle. Les humains m'ont attrapé. Ils m'encerclent, bâton à la main. Je montre les dents, une branche me frappe la tête. Je m'effondre. Les hommes me ligotent les pattes. Puis ils me traînent sur le sol gelé…

***

Tous ces humains, autour de moi… ça me rend fou ! Ils m'ont attaché à un piquet, ils sont tous venus me voir. La petite place, au centre du village, est noire de monde. Un homme m'accuse :

– C'est lui qui a égorgé le mouton !

Que dit-il ?! Je n'ai pas tué de mouton ! C'est faux ! L'homme poursuit :

– Quand l'hiver est rude, le loup vient se nourrir chez nous ! Aujourd'hui, il a tué un mouton, demain, il pourra s'en prendre à nos enfants !

Je ne peux pas me défendre, je ne parle pas l'humain. Mais je le comprends, oh oui, je saisis son mensonge ! Je gémis, c'est tout ce que je peux faire. Je gémis pour clamer mon innocence.

– Le loup est fourbe ! lance quelqu'un d'autre. Il ne se montre pas durant des années et puis, quand nous ne nous méfions plus de lui, le revoilà !

Comment peut-il affirmer cela ?! Nous ne nous approchons pas des hommes parce que nous en avons peur ! Parce qu'ils ont piégé le bois, parce qu'ils ont déjà tué plusieurs d'entre nous ! Je suis désespéré. Au-delà des paroles qui sont proférées, je sens la haine qui émane de ces gens, la haine et la crainte. Aujourd'hui, ils m'imputent un crime que je n'ai pas commis, parce qu'ils sont incapables de nous comprendre. Parce qu'ils nous redoutent sans nous connaître.

Dans la foule, les cris fusent :

– Le loup est notre ennemi !

– A mort !

– Tuons-le avant qu'il nous tue !

Un homme se détache de l'assemblée. Faisant face aux villageois, il dit :

– Mes amis, calmez-vous ! Cet animal a peut-être attaqué un de nos moutons, mais vous savez bien que sa race est protégée ! Nous n'avons pas le droit de l'éliminer sur de simples soupçons !

Il prend ma défense… Je n'en reviens pas. Je le fixe intensément, essayant par le regard de l'encourager dans cette voie, de lui faire comprendre que je n'ai pas tué le mouton.

Une femme lui répond :

– Nos soupçons sont fondés ! Un mouton est égorgé ce matin, et comme par hasard on trouve un loup dans notre village ! Qui d'autre que lui aurait pu faire cela, je vous le demande ?

Dans la foule, des exclamations s'élèvent pour abonder dans son sens. Mon protecteur reprend la parole :

– Je vous rappelle que nous avons décidé de retirer tous les pièges de la forêt car les loups gardaient leurs distances, et que nous n'avions plus aucune raison de leur faire prendre des risques mortels.

Il n'y a plus de pièges dans la forêt… Les humains ont enfin compris qu'on ne leur voulait pas de mal…

Alors pourquoi s'en prennent-ils à moi aujourd'hui ? Je ne comprends plus rien. L'homme est trop incohérent, trop complexe. Ou trop fou.

– Justement ! insiste la femme. Nous ne sommes plus protégés contre eux, et vous voyez le résultat ? Celui-là est venu massacrer un mouton ! Bientôt, toute la meute nous envahira !

– La peur que cet animal nous inspire ne justifie pas son élimination ! argumente l'homme. Il nous faudrait une preuve qu'il est bien le meurtrier du mouton !

Je reprends espoir. Cet humain est juste, il ne se laisse pas aveugler par ses craintes. Il arrivera sûrement à m'innocenter, et alors je pourrai retourner près des miens, toujours affamé mais vivant… Mon optimisme vole en éclats quand quelqu'un s'avance pour déclarer :

– Moi, je suis une preuve ! Je l'ai vu !

Je le reconnais. C'est l'homme en rouge. Celui que j'ai aperçu dans le bois. En me pointant du doigt, il certifie :

– J'ai assisté au massacre. J'ai été témoin de la scène. J'ai vu, de mes propres yeux, ce loup sauter à la gorge du mouton, ce matin !

Il ment ! Il invente ! Je trépigne, je bous, je me révolte comme je peux, en grognant, en me tortillant. Il me condamne alors que je n'ai rien fait !

– En êtes-vous sûr ? demande l'homme qui me protège.

– Certain !

En brandissant son sac de toile, il précise :

– Je revenais du marché où j'ai acheté quelques poules quand je l'ai surpris. Il a isolé le pauvre mouton avant de lui régler son compte. Il a remarqué ma présence et a filé en direction du village.

Mon défenseur reste muet. Il se retire. La foule prend le relais :

– A mort ! A mort !

L'homme en rouge me lance un regard triomphant. Puis, s'adressant à tous, il vocifère :

– Débarrassons-nous du tueur de mouton !

– Oui ! Tuons-le ! clament les villageois.

La sentence est tombée. Quelqu'un s'approche, un fusil entre les mains. Il pointe le canon vers ma tête. D'un coup, une rage fulgurante s'empare de moi ! Je me débats avec une hargne dévastatrice. Sous mes assauts, le piquet qui me retient prisonnier se brise en deux. Les cordes qui lient mes pattes cèdent. Je suis libre de mes mouvements. Des cris de panique s'élèvent de l'assemblée. Je ne me contrôle plus. Ils vont me tuer, à cause d'un mensonge ! Le responsable va payer ! Je jure qu'il va payer ! Un coup de feu explose. Une douleur cuisante m'enflamme l'oreille. La balle a touché mon pavillon. Je bondis sur l'homme qui m'a accusé. Sous mon poids, il bascule en arrière et s'étale sur le dos. Je suis sur lui. La gueule grande ouverte, prêt à lui déchirer le visage. Les yeux brûlants de fièvre, je le sonde un instant. Il est tétanisé. Je vais mourir, mais ma férocité reviendra hanter ses cauchemars ! L'homme se protège la figure avec ses bras. Puis il se met à hurler :

– Ne me fais pas de mal ! Ne me fais pas de mal ! C'est moi qui ai tué le mouton !...

Ma fureur s'évapore d'un coup, comme une bulle de savon qui éclate. Je recule, doucement. Je m'efface. Tout autour, les gens sont devenus silencieux. Puis mon défenseur reprend la parole :

– Qu'avez-vous dit ?

– Oui... c'est moi... sanglote l'homme en rouge. J'avoue...

– Mais... pourquoi ?

– Je déteste les loups... J'en ai une peur bleue... Je savais bien qu'un jour ou l'autre, avec ce froid, l'un d'eux allait venir jusqu'ici.

Alors j'ai égorgé le mouton pour qu'on accuse les loups... Ainsi, on réinstallerait les pièges...

– Par votre faute, nous avons failli tuer un être innocent. J'espère que vous vous rendez compte de la gravité de votre acte et de vos paroles !

– Oui... oui... je suis désolé, hoquette l'homme.

Tous les regards se dirigent vers moi. Je lis dans les yeux le regret de m'avoir accusé aussi rapidement, sur la seule foi d'un manipulateur.

Je n'ai plus rien à faire ici. A pas lents, je contourne celui qui voulait ma mort. Mais au lieu de m'en aller, je me retourne et j'ouvre la gueule. L'homme se recroqueville en gémissant. Délicatement, je referme mes crocs sur le sac de poules.

J'ai bien mérité un petit dédommagement.

Je m'éloigne du village des hommes le cœur léger, emportant avec moi les volailles, et en imaginant déjà le mensonge que je vais servir aux miens pour expliquer la provenance de ce festin inespéré.

Gueule de loup

J'arrache carrément le poster de Marbello, j'en fais une boule que je jette dans la corbeille à papiers. Les photos de Joan Lamour ? Même chose. A la poubelle. On n'en parle plus. La double page centrale du journal *Mes Super Stars,* avec tous les membres du groupe *You-Py* dessus ? Je la déchire, je la pulvérise, je la fais disparaître. J'en fais des confettis.

Oui, aujourd'hui, c'est opération place nette sur les murs de ma chambre. Je libère l'espace. Je rends le terrain vierge, prêt à accueillir mon nouveau héros, mon idole, le plus sublime chanteur de la terre et de l'univers : Freddy Domingo. Oh, il est tellement beau, rien que d'y penser j'en ai le cœur qui fond comme du chamalow passé au four. Freddy Domingo. Je pourrais prononcer son nom un milliard de fois.

Ce matin, j'ai dépensé tout mon argent de poche pour acheter des livres et des revues qui viennent de sortir sur lui. Maman m'a dit :

– Estelle, je croyais que tu économisais pour te procurer le DVD de *You-Py* en concert ? Tu as changé d'avis ?

J'ai levé les yeux au ciel. Maman connaît très bien Freddy Domingo, on a regardé son dernier clip ensemble avant-hier. Je ne comprends même pas pourquoi elle me pose cette question. Freddy Domingo n'a absolument rien à voir avec les gamins du groupe *You-Py* ! Lui, il est grand, il a un regard qui vous brûle la cervelle, il a un long museau effilé qui se termine par une adorable truffe noire… et il a des dents longues et puissantes, et blanches comme de la craie. Oh, il est méga-craquant ! C'est la perfection même ! Je l'aime, je l'aime, j'ai envie de crier tellement je l'aime !

***

Au-dessus de mon lit, je punaise l'affiche de son dernier concert, là où on le voit debout, de profil. Il a un air sauvage qui me fait bouillir le sang.

Autour de ma fenêtre, je mets toute une série de photos extraites de son clip vidéo, où il est en train de danser, de courir et de montrer les dents.

Et le top du top, je le fixe contre ma porte : un grand poster sur lequel il est accroupi au sommet d'un rocher, la nuit, derrière lui il y a une grosse lune blanche, et il hurle, la tête tendue vers le ciel sombre.

C'est pas l'image d'un dieu, ça ?…

Maman vient visiter ma chambre. Tout ce qu'elle trouve à dire c'est :

– Alors c'est lui, ton nouveau chouchou ? Je ne l'aime pas beaucoup, moi. Je trouve qu'il a une tête de…

– Une tête de quoi ? je demande en croisant les bras.

– Je ne sais pas… C'est un loup, et les loups ne m'inspirent pas confiance.

– N'iiiimporte quoi ! Il est génial, c'est tout, et toi t'y comprends rien en chanteurs géniaux, voilà.

Elle m'adresse un grand sourire et tourne les talons en ajoutant :

– Bah, ça te passera avant que ça me revienne.

Franchement, ça m'énerve. Je n'exige pas qu'elle ait les mêmes goûts que moi, mais elle pourrait quand même respecter les miens ! Les parents, ça ne capte vraiment rien à ce que ressentent les enfants.

Bon, c'est pas grave. Je vais rester ici, entourée des portraits de mon loup préféré, à rêver qu'il me prend dans ses pattes et qu'il me chante une chanson d'amour. Ça me calmera.

***

Maman m'appelle pour aller manger. Rhââ, c'est pas le moment ! Freddy Domingo est en train de parler à la radio et je ne veux pas rater sa plus petite parole. Il a une voix si douce, et des réponses tellement intelligentes…

– Estelle ! A taaaable !

J'augmente le volume de mon poste. L'animateur annonce :

– Et maintenant, vous qui nous écoutez, on va un peu tester vos connaissances. Le premier ou la première qui nous appelle et qui arrive à nous chanter un couplet entier de la dernière chanson de Freddy Domingo intitulée *Tu me rends fou*, gagne une surprise i-nou-bli-a-ble !

Ensuite, il donne le numéro de téléphone de la station. Je ramasse un feutre de couleur et je le note à toute vitesse dans ma main. Je les connais par cœur, moi, les paroles de *Tu me rends fou* !

Je jaillis de ma chambre, je traverse le couloir au triple galop et je me jette sur le téléphone. Maman me dit encore une fois de venir manger. Tout en composant le numéro, je réponds à toute vitesse :

– Attendjevaischanteràlaradio !

– Pardon ? Qu'est-ce que tu racontes ?

Ça sonne. On décroche. Une femme me demande mon nom et me dit de patienter, je vais bientôt passer à l'antenne. Oh, j'ai le cœur qui joue des castagnettes dans ma poitrine. J'arrive pas y croire : Freddy Domingo va m'entendre ! Il va m'écouter chanter ! J'ai l'impression d'être dans un rêve…

La voix de l'animateur résonne dans le téléphone :

– Bonjour Estelle ! Alors comme ça tu connais au moins un couplet entier de *Tu me rends fou*, la toute dernière chanson de notre invité Freddy Domingo ?

– Heu… oui…

– Eh bien nous t'écoutons.

Je ferme les yeux. Je prends une grande bouffée d'air. Dans ma tête, je me joue la musique de la chanson. Attention : j'y vais !

– Depuis que je t'ai vue
Marcher dans ma rue
Y'a mon cœur qui cogne
Et ma gorge qui grogne
Je te l'avoue-aouuuu…
Tu me rends fou-aouuuu…
Je donnerais tout-aouuuu…
Pour un rendez-vouuuuus…

– Bravo Estelle, bravo ! s'exclame l'animateur. Tu ne t'es pas contentée de chanter un couplet, tu as directement enchaîné sur le refrain. Et comme tu as été la première a appeler, eh bien… je demande l'avis de Freddy Domingo mais je crois déjà connaître sa réponse…

– Oui, Estelle… (C'est Freddy Domingo, c'est lui, je le reconnais, il me parle à moi, dans le téléphone, c'est génial, c'est méga-génial !) Oui, je pense que nous sommes tous d'accord, tu as gagné !

Je ne peux pas m'empêcher de hurler :

– Waaaaa ! C'est super ! Merci, merci beaucoup ! Oh, je suis trop contente !

– Est-ce que tu sais au moins ce que tu as gagné, Estelle ? demande l'animateur.

– Heu… non… un disque ?

– Mieux que ça. Et c'est Freddy Domingo lui-même qui va te l'annoncer.

(Oh oui, parle-moi Freddy, parle-moi…)

– Ma petite Estelle, tu as gagné une merveilleuse soirée… avec moi.

J'en ai le souffle coupé, le cœur qui s'arrête et la gorge qui se contracte. Est-ce que j'ai bien entendu ? Est-ce que ça veut dire que j'ai gagné une place de concert ? A moins que ça soit encore plus grandiose… Sans trop y croire, je pose la question :

– Je… je vais venir chez vous ?…

– Non, c'est moi qui vais venir chez toi, Estelle.

Alors là, c'est trop fort ! Je ne peux plus rien dire. C'est merveilleux, je suis en train de vivre le plus bel instant de ma vie ! Je suis tellement contente que j'ai envie de pleurer… Devant mon silence, l'animateur reprend la parole :

– Et j'espère que tu vas ranger ta chambre, ha ha ha ! Ne quitte pas, Estelle, nous allons prendre tes coordonnées hors antenne…

Freddy Domingo va venir me voir. Chez moi. Il va se déplacer, en personne, pour me rencontrer… J'en ai la tête qui tourne. La femme qui m'a parlé tout l'heure me demande mon adresse. Elle me dit que Freddy Domingo me rendra visite dimanche après-midi et qu'il faudrait que mes parents soient là.

Tout s'est passé si vite, j'arrive pas à croire que c'est réellement arrivé. Mon rêve devient réalité. Je vais faire la connaissance de Freddy Domingo, le plus beau chanteur du monde, le loup le plus séduisant que j'aie jamais vu… J'avance comme un zombie jusqu'à la cuisine. Mes parents me regardent : ils ont dû entendre une partie de la conversation. En guise d'explication, je pousse un hurlement de joie qui les fait sursauter tous les deux.

***

Une voiture s'arrête devant la maison. Je jaillis à l'extérieur. C'est lui ? C'est pas lui ? Deux hommes sortent du véhicule, le premier tient un micro fixé au bout d'une longue perche et le second porte une caméra. Pas de Freddy Domingo. L'homme à la caméra me filme. Je demande :

– Il sera bientôt là Freddy Domingo ?

– Oui, il arrive.

Maman me rejoint. Elle a l'air toute gênée en découvrant la caméra. Une nouvelle voiture se gare derrière la première. Une femme en sort. Elle ouvre la portière arrière et…

– Freddyyyyy !

Je me précipite vers mon idole. Oh, il est encore plus grand, plus beau et plus merveilleux qu'à la télévision. Sa fourrure épaisse a des reflets d'argent. Je veux me jeter dans ses bras mais la femme me retient.

– Doucement, Estelle.

Freddy me lance un regard sombre. Mon cœur se glace. Durant une seconde, j'ai l'impression qu'il va me mordre. L'homme à la caméra se rapproche de nous. Alors Freddy Domingo me fait un grand sourire et il se penche sur moi. Ouf, j'ai cru un instant qu'il m'en voulait, comme si j'avais fait quelque chose de déplaisant.

– Bonjour Estelle… me dit-il de sa délicieuse voix grave. Tu es contente de me voir ?

– Oh… oh oui… Je vous aime tellement…

– C'est bien. C'est très bien.

Là-dessus, il dépose un baiser sur ma joue. Un véritable feu d'artifice explose dans ma tête. Freddy Domingo m'a embrassée… Il faut que je respire sinon je vais tomber dans les pommes.

– Freddy, je…

Sans faire attention à moi, il s'adresse au cameraman :

– Tu as filmé le baiser ?

– Oui, oui.

– Bon, on se dépêche, j'ai pas envie d'y passer la nuit.

Comme si je n'existais pas, il se met à parler à maman en se dirigeant vers la maison. Eh, c'est moi la fan de Freddy Domingo ! C'est moi qui ai gagné un moment avec lui ! Pourquoi est-ce qu'il ne s'intéresse pas à moi ?

A la maison, même chose. Freddy ne me

voit pas, il ne me regarde pas, il ne me répond même pas quand je m'adresse à lui, sauf quand la caméra nous filme. Papa et maman lui offrent un verre, ils discutent un petit peu tous les trois, et moi, je pourrais être à mille kilomètres d'ici, ça serait pareil.

Ça ne fait pas une heure qu'ils sont arrivés que Freddy se lève en disant :

– Bon, ça suffit, on y va.

Alors là, je ne vais pas le laisser partir comme ça. Je me pointe devant lui et je lui lance :

– Freddy Domingo, je trouve que…

Il me jette le même regard sombre que tout à l'heure. Du fond de sa gorge, je perçois un grognement sinistre. C'est dingue comme il peut faire peur, par moments.

– Désolé, je n'ai pas le temps, je suis très occupé. Au revoir, et continue à écouter mes disques.

Là-dessus, toute l'équipe s'en va. Je n'aurais jamais cru que Freddy Domingo puisse être aussi désagréable. Je suis déçue, déçue, déçue ! Je ne l'aime plus et je ne l'écouterai plus jamais !

***

– Arrête de faire la tête, ça ne sert à rien, me dit maman.

– Je le déteste, c'est tout !

D'un geste rageur, j'arrache le grand poster fixé à la porte de ma chambre.

– Je t'avais dit qu'il ne m'inspirait pas confiance, ton Freddy Domingo. C'est un loup, et les loups ont toujours une idée derrière la tête, ils ne sont pas sincères. Il est venu te voir uniquement pour se faire de la publicité, pour être filmé en train d'aller rendre visite à son public, mais tout ça, c'est du cinéma, tu comprends ?

Ce que je comprends, c'est que depuis qu'il est venu à la maison, je le trouve beaucoup moins beau et beaucoup moins talentueux, Freddy Domingo. Et je n'ai plus envie de voir sa tête, avec ses yeux sombres et sa grande bouche pleine de dents pointues sur les murs de ma chambre.

Et puis, ce que maman ne sait pas, c'est que depuis hier, la place dans mon cœur est occupée par quelqu'un d'autre. C'est un acteur, et il est beau… c'est le plus beau de la terre. Il a deux petits yeux tout noirs, la peau grise et lisse. Maman me dira encore une fois de m'en méfier, mais moi je m'en fiche, parce qu'à chaque fois que je pense à lui, ça me chatouille le ventre. Il s'appelle Léo, et c'est un merveilleux et puissant requin.

Mes prochaines économies, elle serviront à m'acheter plein de photos de lui, que je mettrai partout dans ma pièce.

Imprimé en France sur Presse Offset par

BRODARD & TAUPIN

GROUPE CPI

La Flèche (Sarthe), le 19-01-2005
27741 - Dépôt légal : septembre 2004